黑丫：
中国作家协会会员
中国收藏家协会会员
曾经带着诗歌上路，独身行囊走遍祖国
的千山万水，被誉为：中国大陆三毛。
曾经出版代表作《黑发飘飘》填补了
青岛市西海岸文化史上的一项空白。
诗歌作品：《人间绝唱》
《爱情神话》《黑丫诗歌选集》
文学剧本：《女人不是深渊》
随笔文集：《写作流浪》
小说合集：《走过爱情的沼泽》
等多部文学作品。

目录

第一季：你在我的心上

第二季：你是我生命中最美的诗行

第三季:想你的时候我就找来一首歌听

第四季：你的到来将深夜的黑暗点亮

第一季
你在我的心上

你在我的心上

你在我的心上

静坐时安详

站立时期望

是我守候着的远方

你在我的心上

微笑时温柔月光

哭泣时雨落门窗

是我疼痛思念的家乡

你在我的心上

是我守候已久的梦想

白天的你鸟语花香

夜晚的你轻弹低唱

你在我的心上

缠绕了许多迷离的风光

花开花落的世间尘埃飘荡

都不能将你生命的日历泛黄

你在我的心上

演绎了许多沉浮沧桑

故事在岁月里书写着起伏的篇章

暮然回首我自己却没有落脚的地方

我曾经是你捧在手心里的一朵花

我曾经是你捧在手心里的一朵花

最初的芬芳像浪花奔放

曾经澎湃着的心田期望

荡漾着起伏向往的天涯

我曾经是你捧在手心里的一朵花

你将我握的太紧太紧了

一片片揉揉碎碎的花瓣

随风飘扬着伤痛的泪花

我只好离开家的地方

向着远方四处流浪

我流进心里的泪水啊

向着心底深处四处流淌

我不知道千山万水走遍之后

能否再次回到你的怀抱

我不知道天涯海角的尽头

有谁还会等候为我疗伤

我曾经是你捧在手心里的一朵花

在你不经意的把玩中把我弄碎了

我即便碎了也不愿意离开你的怀抱

你还是将我抛弃在大路的两旁

我曾经是你捧在手心里的一朵花

当一切伤痕在阳光下暴晒的时候

才深深感觉原来的皮肤之痛

远远不如心灵在彷徨中忧伤

我不知道前世为何被你抛弃

今生又为何被你肆虐面庞

我不知道你随手采摘的花朵

是否还能被你深深植入心上

我更不知道每当百花落尽的时候

你是否还能想起我最初羞涩的模样

我更不知道在繁华落尽的千百年以后

我能否还能以一朵花的形象出现在你的身旁

在这个风轻云淡的日子里再想你时

风清凉凉地掠过前世

云淡爽爽地飘着今生

在如此纯净的日子里

让我怎么能够不想你度过

想你的行踪如风旋涡

穿梭在心底深处地纠结

想你的面容如云散播

飘逸过我视野里的角落

想你的初恋执着如砣

想你的成熟幽默似河

观对镜中你飘忽的眼神陨落

在这个风轻云淡的日子里诗歌

重温往日患难的漂泊

你流水般地善变履约

在这个风轻云淡的日子里依稀记得

我虚怀若谷地容纳下了你的跋涉

此时此刻我的心已经静默

深深祝福你若晴好我便安乐

在这个风轻云淡的日子里再想你时

如同在一片吉祥的风光里冥想打坐

我面如莲花心如菩提之叶

扬十方经幡搭棚跏趺而坐

在这个风轻云淡的日子里再想你时

就在我心塑造一尊十方供养的弥勒

错过的爱情港湾

如果不是与你擦肩后回眸

如果不是被你爱怜着羁绊

恐怕今生今世都不会收帆

告别波澜壮阔的涟漪花瓣

其实原来以为平静的守候

才是拴系着牵挂你的温暖

如同满天的星月辉映陪伴

不远万里的千山万水相连

我就这样站在最初的地方

看你若隐若现的无常变幻

守候着一江春水东流不还

风雨中我哭泣着泪流满面

其实我已经察觉你的谎言

只是不情愿渡你真相彼岸

珍惜人生短暂的相遇奇缘

却错过了满载而归的渔船

禅坐片刻与你奇迹般相遇

——登上五台山北台之顶禅坐冥想之时，

突然之间，一道佛光从天而降……

那一天我登上台顶

禅坐中冥想你在哪里

你如何才能让我感知你的存在

给我疲惫的身心注入支撑的能量

我在禅坐中冥想

想象你当年与文殊菩萨的较量

不羁的龙威翻江倒海使用无边法术

最终还是拜倒在宝剑四射的光芒里

从此，你成为镇守最高的北台之尊

用你的海量保护这方水土的安详

从此，你为了感恩回馈佛法的浩荡

用你的施舍感召四面八方的香客流淌

多少年以前我曾经来到过你身边

却从来没有象今天一样静思深想

我不是来寻你的踪迹挥手风雨无量

而是来潜心感受你折射无穷的智囊

我就这样禅坐在北台之巅的空旷草场

我流淌的泪水已经被蓝天上的白云收藏

我一身的禅衣已经被吹来的秋风飘荡

我满怀的遐想瞬间被一道佛光照亮

光芒里我仿佛看见了你的模样

你顺着光辉而下来到我的身旁

你深入我心对我百般的爱抚疗伤

我心刹那被你臣服过滤的通透通畅

曾经走遍千山万水都没有使我停止思量

而今来到你身边却好像歇息在家的温床

那些旅途的尘埃纷纷扬扬自责逃亡

还我一个唐宋女子无挂无碍的才情豪爽

就在这个照射的瞬间我恍然明朗

我应该深刻地感恩生命里所有的无常

因为你知道我面前的门都已经上了锁

所以特意为我打开一扇光芒的天窗

在五台山最高的北台禅坐片刻

就这么巧合与你奇迹般地相撞

这是我前世与你埋下的因缘伏笔

在今生才有传奇般地感召和聚光

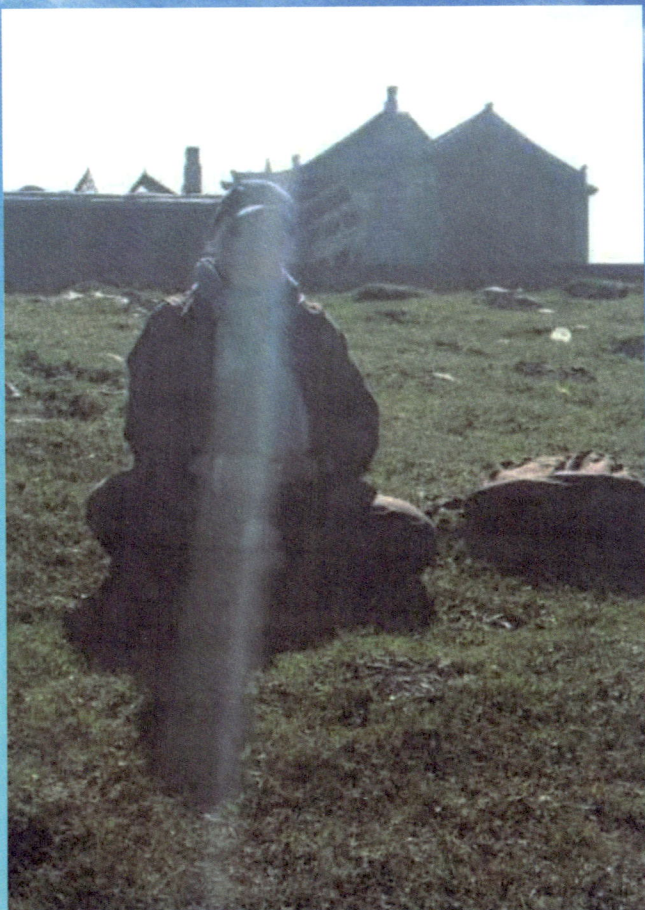

我的身心此时此刻已经被你照耀辉煌

我的倦容此时此刻已经被你一扫而光

我的泪水此时已经被你在低首垂眉中收放

我的诗歌此刻已经被你笼罩了慈悲的衣裳

你携手龙马踏碎我的梦寐

——在五孚堂观赏天马行空的画面

你穿越漫长的缥缈太空

所向披靡地扬蹄而至

你挽着天规地律的缰绳

身后抛出一条天河的星系

你这是来自何方？

浑身积蓄了天地合一的能量

你这是要去哪里？

全身闪烁着天龙八部的神奇

在这个秋季的傍晚

巧合中虽然你与我不期相遇

我还是被你明亮的眼睛一览无余

几乎所有的花草都被你横扫彻底

我与你相遇的时候

不知道你眼里的我究竟是为何物

而你天降神韵的风速

已经将我伫立的森林摇撼了梦呓

你的气场来自何方？

所到之处充满了斡旋的力量

再深的夜晚也挡不住你的出现

无尽的黑暗被你踏碎了山河的边际

如果说你是天马有腾云驾雾的本领

如果说你是神马有天降大任的使命

你为何于喧嚣的尘世里还有一些飘逸的躲避

你为何在纷杂的世俗里还有一份独守的静谧

尽管我面前的你桀骜不驯神采奕奕

尽管你面前的我心力交瘁拘谨游移

我还是看见你深藏在鳞片的双翼里

闪烁着汗血累累的伏羲探秘的景致

高山在你的面前低头弯腰

流水在你的面前分水为道

你呼啸而来的韵律又是那么深情厚意

你轮回的使命里还有谁的牵挂想拴系？

就这样在离开你的一夜零一天的故事里

我都无法从你的眼睛里走出那份禅机

我好像还没有找到比喻你的诗句诠释

于是我沉思片刻先为你写下第一首诗

因为在你面前驻足片刻陷入太虚的无极

我的灵感瞬间被黑暗深处的火石碰撞亮丽

无论你是挽缰俯卧而至还是扬鞭腾空而起

你都是电闪雷鸣的天空里降落的那支画笔

此时此刻我已经收不住流淌的诗意

就像我无论如何也按耐不住的诗句

虽然是冲破天堂的戒律刹那隐蔽在尘世

那么你的出现是我顺其自然的风生水起

此时此刻我完全浸沉在一片安静的等待里

就像无数个你的到来闪耀着助我意会的神秘

我心的浮云已经在天空之上凝聚成物体风靡

伴随而来的是一场普降阳光雨露的酣畅淋漓

与你对视的瞬间

（两航展览纪念）

那日，与阿冰（王建军）一起参加抗战燃烧的岁月大型文献图片书画展时，感慨万千，即刻诗句，略表崇尚之情（这里的你是指那些牺牲的英烈们）。千言万语表达不尽对你拜祭之意；那些年，那些天，那些你……

那日去看展览

仿佛你在面前

与你对视瞬间

泪水迷糊视线

战火纷飞岁月

如我豆蔻华年

为谋和平明天

穿越生死之线

如火如荼航展

让我思绪万千

如梦如幻的你

使我似曾相见

为你燃香祈盼

望你净土平安

为你惋惜心酸

续写还愿诗篇

（抗战燃烧的岁月.文献图片书画展）

那夜你我从此分别

（天津火灾纪念）

那夜钟声阵阵不息

那夜烛光闪闪无语

那夜我心沉寂未眠

那夜因你牵绊哭泣

那夜我泪擎天幔帐

那夜我心痛断肝肠

那夜我守如幻烛光

为你泪水流到海里

那夜面对灾难中你

双手合十默念吉祥

那夜听到你的噩耗

如幢诗心倒塌天际

那夜你我从此分别

天地相望不再相遇

祈愿逝者浴火重生

彼岸深处安家拴系

第二季

你是我生命中最美的诗行

你是我生命中最美的诗行

你是我黑暗中摸到的火柴

瞬间划亮我尘封的景象

于是，我在惊喜中伏案执笔

写给你我生命中最美的诗行

你黑夜的眼睛仿佛一盏烛光

照亮我阴霾笼罩下无眠的忧伤

破茧而出的蝴蝶梦想

丝丝缕缕缠绕着轮回的希望

如果等待的路口再次错过与你的交响

我将收起脚步原路返回久别的故乡

如果相遇仅仅是为了分别的惆怅

我将义无反顾地握紧你的手不放

陌生的环境总是左顾右盼地观望

浏览的眼神在匆匆忙忙中神伤

你在中转的站台一闪即逝在我的身旁

我瞬间迷失了寻找你的方向

尘封的记忆在脑海中游荡

激情的往昔在笔尖上神往

你的目光高高在九天之上

任凭我凤羽的翅膀追寻着你飞翔

行走的脚步在修正着踱量

暮然回首你却还在原来的路上

你是我生命中最美的诗行

初心不改依然守候着诗歌的原创

与你离别以后的这个秋天

与你离别的时候

是一个枫叶红透的秋天

如果真的是爱的世界第一次遇见

你为何不在意我留下相思的泪水无眠？

我想你痛彻心扉地柔情寸断

你却是沉默无语的视而不见

遇见你仅仅是我的缘?

你还是继续装睡不敢以心偿还心的期盼?

那朵黄玫瑰静静无言

依然在枕边流泪绽放思念

那片枫叶依然在袒露心灵的珍贵图片

你为何如此这般默默无语对我隐藏图标文件?

那一天我与你相见恨晚地遇见

是你在前世约了我垫付箫声的夜晚?

有谁知道从此以后我生命深处的唐诗宋词典

都被你的到来掀开了诗歌链接历史的新纪元

与你离别以后的这个秋天

你是否还会像初次见面的时候默默无语地窥探

不要我开口的事情就已经解决在我的前面?

我这才知道你是我前世丢失的古琴又在今生续弹

与你离别以后的这个秋天

我总是感觉心田被来去的路堵占

那一首首被晨钟暮鼓敲响的诗篇

何时找到曾经照亮回家的路又遗失多年的灯盏?!

你是我旅途之上最美的遇见

临睡前的第一件事

就是查看你的留言

醒来后的第一眼

就是看看你是否还在我的微群里面

我的忧伤被你劝降

不再去写那些哀怨的凄凉

复原的伤口也不再守着创痕猜想

失去的园林是否还有人守候在梦境的边疆

时光荏苒的硝烟已经弥漫在远方

那个地方曾经是我心灵深处珍贵的收藏

所有的梦幻泡影都寄存着无量天尊的向往

所有的纯情都放在黑暗里等今生的你来划亮

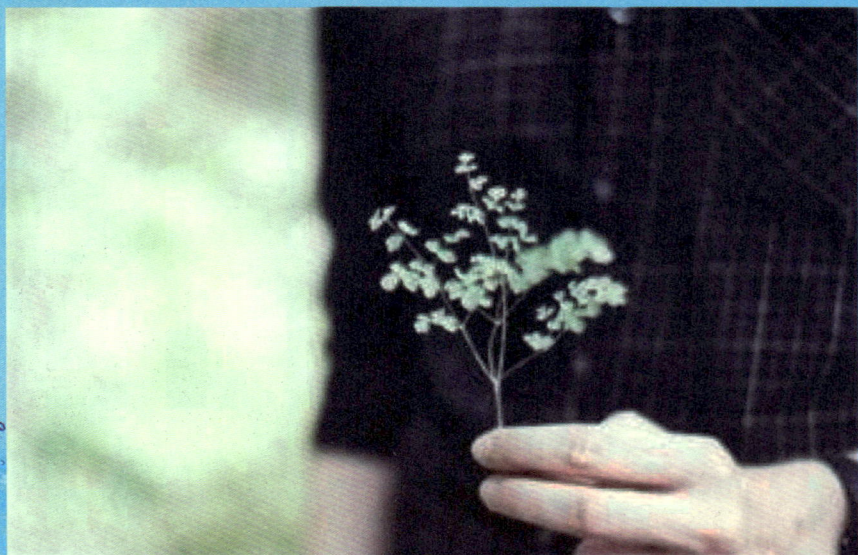

我的诗歌曾经是一片凤凰的羽扇

被谁不经意地丢弃在摘下盖头的新娘身旁？

又被谁抛弃在一览无余的海天相连的地方？

任凭我泪流满面的呐喊却视而不见地回眸张望

我究竟是丢失了初心的夙愿

还是折断了原始飞翔的翅膀

就在你突如其来的相遇里

我才找到了那股能使我腾空而起的力量

你是我旅途之上最美的遇见

尽管是在秋季末晚的天高云淡里遐想

你来的时候依然是一道明媚的弧线远航

如同我匆忙中异地赶回为你接站的疲惫无妨

旅途之上你是我最美的遇见

所有的路途为你畅通无阻着如愿景象

所到之处的天空都为你飘来吉祥如意的云裳

那是我惊喜不断的传奇现场！

你是我旅途之上最美的遇见

所有之前的忧伤因为你的到来水卷珠帘

唯有与你默然相守的时光荏苒

一点一滴都是珍贵的经年留下的弥漫花香！

我与你各执一串金刚菩提的念珠

天堂之上一定是呆板乏味

那位天神的金刚解甲归田

在田间地头长成一棵菩提树

接纳思念我的真情日夜诵经吟唱

手腕上的这串金刚菩提的念珠

是大洋彼岸的你踏浪归来的回礼

与你相遇在五台山的寺院里枫叶红透的秋季

红男绿女的手腕就这么被两颗纯朴的心拴系

也许从此以后这串金刚菩提的念珠

携带着我的行囊一同要去远方流浪

薄凉起时我握你温暖如炕

炎热生时我捻你清凉缠香

时光就在这一捻一转中缓缓流淌

一颗菩提的心逐渐丰满了坚强

依稀仿佛被越来越清晰的遇见

横渡在前世搭乘今生的船上

一粒粒菩提子的因果

一颗颗金刚心的盘结

你可曾想过我初心不改从日升到月落

你可曾明白我纯情永恒从前世到今生

无论是将你戴在腕上还是将你收起珍藏

芳香的季节已经飘然而过你眺望的身影

那阵阵天籁之音的箫声悠扬吹向菩提的彼岸

一首首水漫坛城的诗歌已经在浩浩荡荡中启程

我闭上眼睛倾听你的歌声

音乐响起来的时候

是万籁寂静的时候

我缓缓地闭上了眼睛

用心在倾听那首似曾相识的歌词

那双眼睛在寻找光明吗？

那个怀抱在敞开心胸吗？

那片湖光山色还在变换中吗？

那个顺流而下的你还会回来吗？

音乐响起来的时候

是皓月当空的时候

我随乐器鸣奏轻轻腾空而起

心随歌声云游四方悠闲迁徙

星河之上是你的眼睛在闪烁吗？

大地之上是你的脚步在匆忙吗？

大海的彼岸有你翘首的期盼吗？

你还在异域国度里流连忘返吗？

音乐响起来的时候

是我思念你的时候

款款深情在犹豫中咏叹着惋惜

悠悠往事在回眸之间遗失了话题

天堂之上有白云擦亮了夜空

尘世之间有潮水漫过了沙堤

一首曲高和寡悠扬了岁月的孤寂

一声高山流水弹响了时光荏苒的传奇

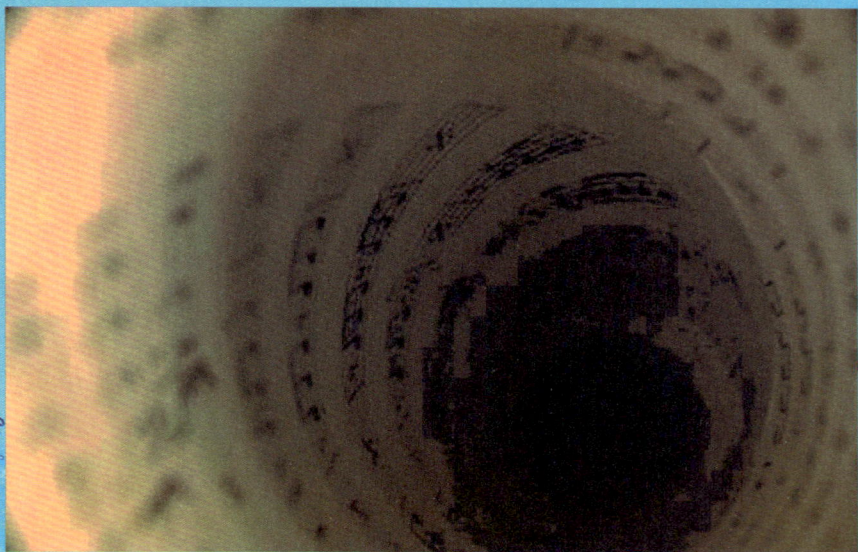

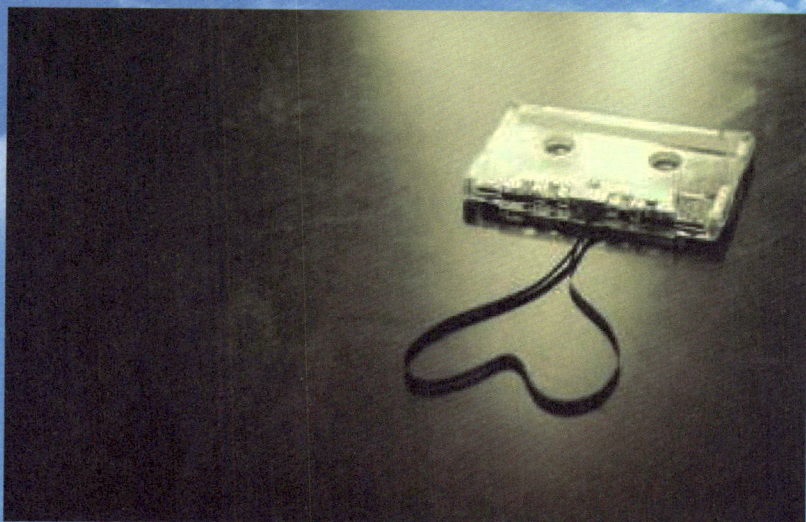

音乐响起来的时候

是漫天飞雪的时候

千言万语的花朵飘落在大海的心里

浪花向着天空绽放纯洁如初的花季

大海的深处有你的离伤在翻译

彼岸的街道有你的牵挂在碰壁

我无怨无悔的写诗给你来触及

诗词的歌声刹那皈依在星月的菩提

我闭上眼睛倾听你的歌声

听着歌词里那些弦外之意

听着你是怎样的一种心情

寄托一首歌的抒发来温馨提示

我闭上眼睛倾听你的歌声

听着那些若即若离的含蓄

听着这份不屈不挠的意志

毅然收起一颗疼痛的心不再游移

因为有你在远方

因为有你在远方

牵挂着你大洋彼岸的守望

日升月落的守候

拴系思念的翅膀

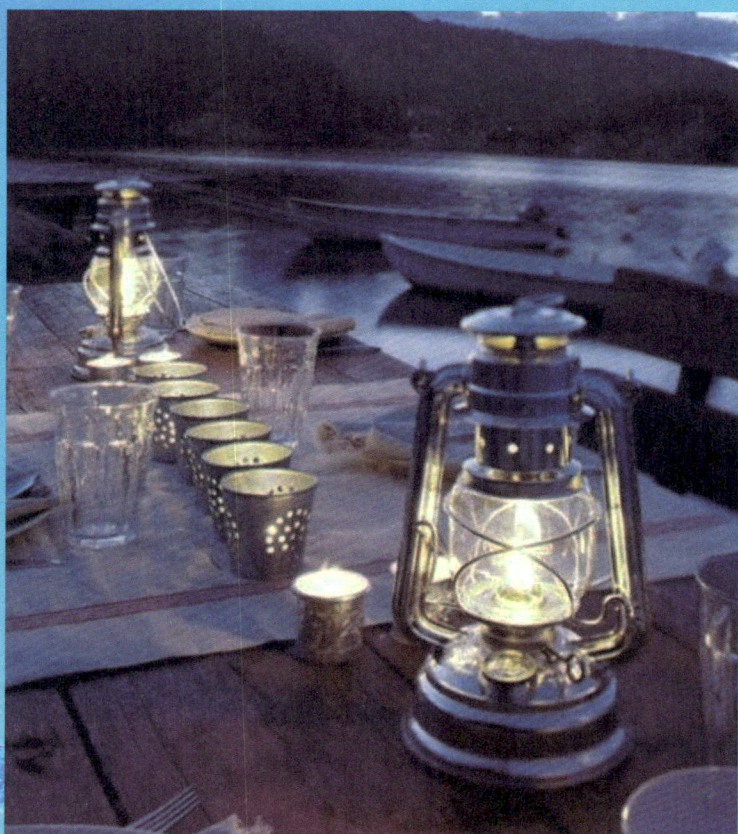

因为有你在远方

梦里的笑声都充溢着阳光的意象

昼夜不息的温暖

散发着芬芳的汪洋

因为有你在远方

旅程里多了一份期待的眺望

风雨兼程的陪伴

多了一个肩膀和一把伞的遮挡

因为有你在远方

我的诗里都是歌声飞荡

那些哀哀怨怨的忧愁

顿时都化作了飘向蓝天的云裳

你是我的一块空着的土地

你裸露在我面前的时候

是一块荒芜空着的土地满脸的愁容

站在你面前的我忐忑不安地无所适从

不知道该如何耕耘播种你期待的深情

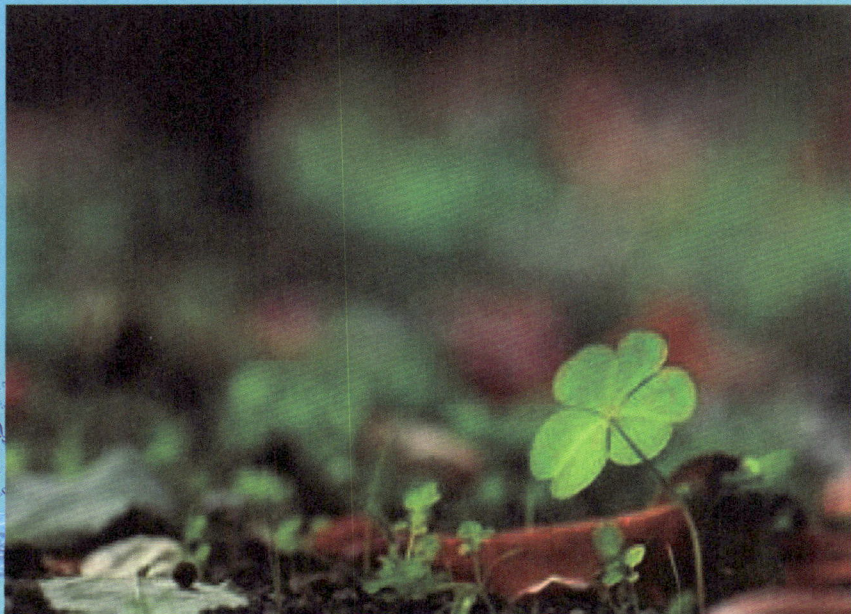

多少年来你依然站在这里

贫穷富贵都是你的谈笑风生

你坦荡地敞开着自然茂盛的心胸

等待哪个有缘人迟迟归来与你相逢

原来以为与你回眸的守望里

只不过是擦肩而过的遗憾故事憧憬

有谁会想到你那双深情怜悯的眼睛

象一把锋利软绵的宝剑将我深深刺痛

漂泊的我心力交瘁地疲倦了面容

跌进你的怀抱只想安宁中一觉睡醒

你杂草横生的枝蔓盘根错节地展映

牢牢地将我缠绕成一道亮丽的风景

从此，我在你的怀抱里不想离开

从此，你在我的践踏下大梦惊醒

原来，你的荒芜就是我前世遗失的田埂

原来，我的邂逅就是你今生伫立的图腾

你是我的一块空着的土地

敞开怀抱迎接我到来的诗意画境

如果与你相遇就是漂泊的终点不再移动

我愿意与你厮守在村头那座老屋里宁静

那一日，我的心瞬间沉寂

那一日

我穿了一身居士禅衣素雅

与你们端坐莲花蒲团之上参法

不同的只是我还留着长长的头发

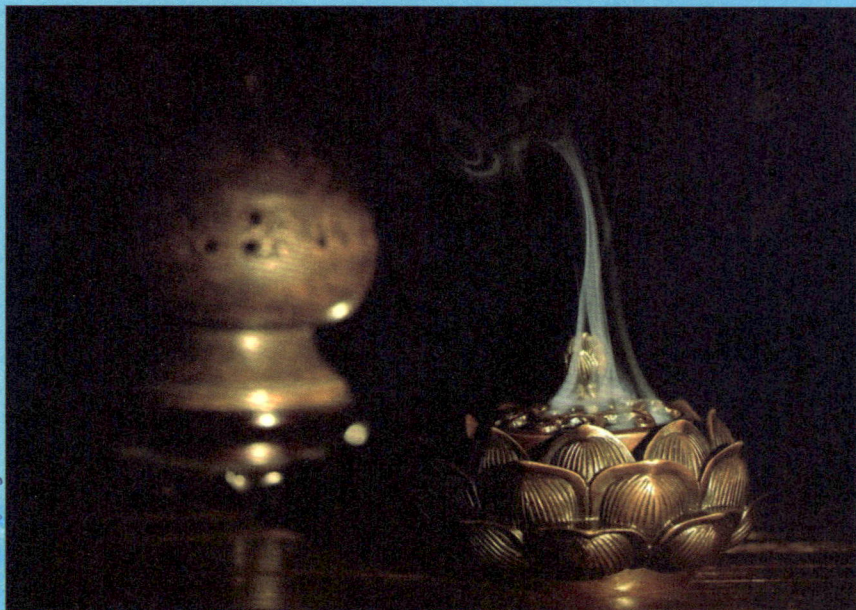

那一日

我仿佛一粒飘浮的尘埃

在大觉的佛前已经落定

与你们一起过滤心怀残渣

那一日

我一颗桀骜不驯的心瞬间沉寂

仿佛经历一场暴风聚雨的冲刷

在伤痛的洗涤后瞬间臣服收纳

那一日

我就在大殿中那根柱子旁边

与你们一起庄严地读经诵法

缭绕的燃香飘来天外的神话

......

你徘徊的脚步
踏醒了我的梦境

你在雪中孤独徘徊

只是为了感受清凉风景？

还是为了那份前世今生的缘

解不开的迷茫走不出的深情？

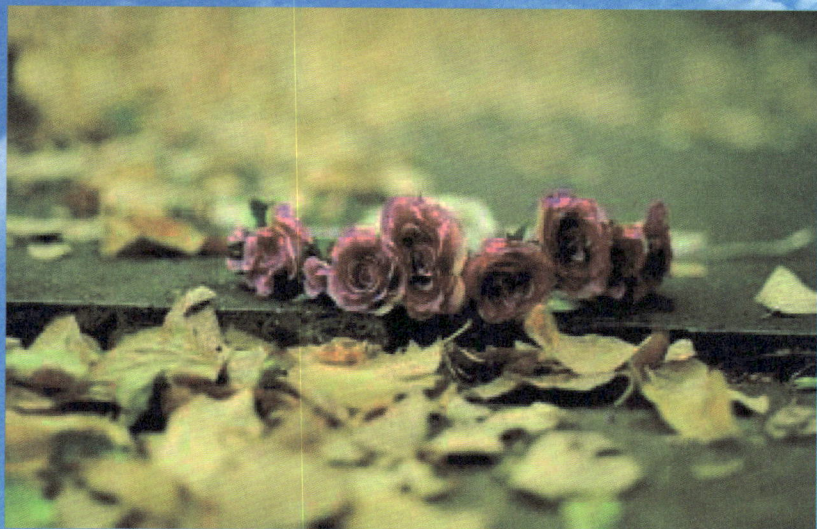

你的脸上流下了泪水

揉和着雪花融化了心声

你为什么还要这么如此执着

非要等来这又一场的飘落伤痛

漫天的雪花飘落而下

你的心声缄默了表达的困境

落寞的情怀已经点亮了寒冷的花灯

在你的心头默然绽放着岁月的激情

纷纷扬扬的雪花还在飘洒

你在雪里还是雪在你的心中

问过多少次都没有任何回应

那是她依然站在飘雪的窗口守望远行！

没有人知道你的悲哀有多么伤痛

你心中那位才情的女子察觉了你的恋情

她正懵懵懂懂地迷恋着远方的男生

此岸的你只能在惋惜中默默地心潮奔涌

是谁在远方弹响了那把吉他

清脆的琴弦伴随着一首忧伤的歌声

你暮然回首的痴情眼神在刹那之间破镜

泪水悄悄地流出了再也控制不住的眼睛

你的痛苦没有人知道

即便知道了都会笑你笨重

雾里看花仿佛你的梦中天涯

怎么飞也飞不出你漫天花落的面容

横在你面前的不是这漫天飘扬的雪花

而是一堵高高耸立又看不见的围城

你在里面几乎是走投无路到处撞碰

因为你深深爱着那个你千载难逢的女子诗情

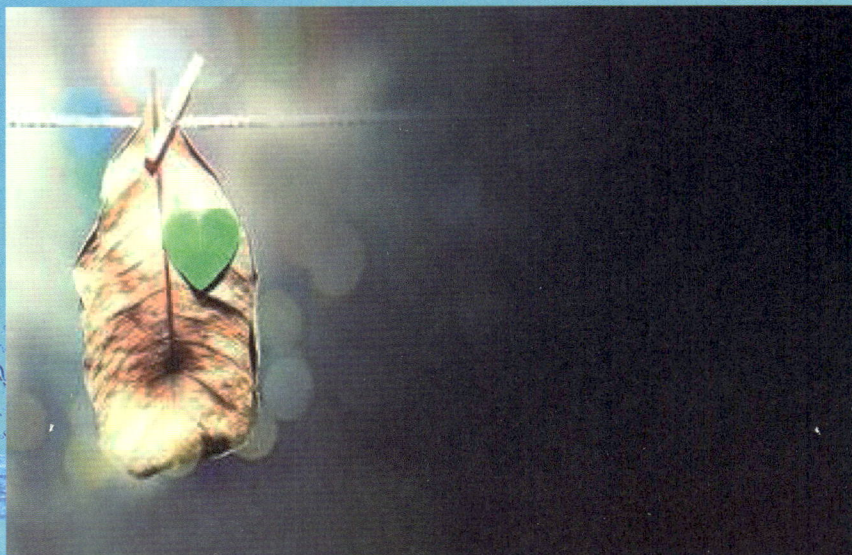

你的忧伤伴着你蹉跎的旅程

那个才情的女子早已明理心中

只是她的长发依然编结长长的缆绳

只是她高洁壮丽的港湾一直还在天空

你徘徊的脚步踏醒了我的梦境

我不知该怎样安慰你的绝望你的深情

我只想告诉你前世今生的相遇相逢随缘而定

那个女子来到世间只是为了完成属于她的使命

第三季
想你的时候我就找来一首歌听

想你的时候我就找来一首歌听

你离开我到底去了什么地方

回眸一笑已经不见了你的怀抱

千言万语已经苍白无力着哀伤

只有擦不干的泪水在寒风中惆怅

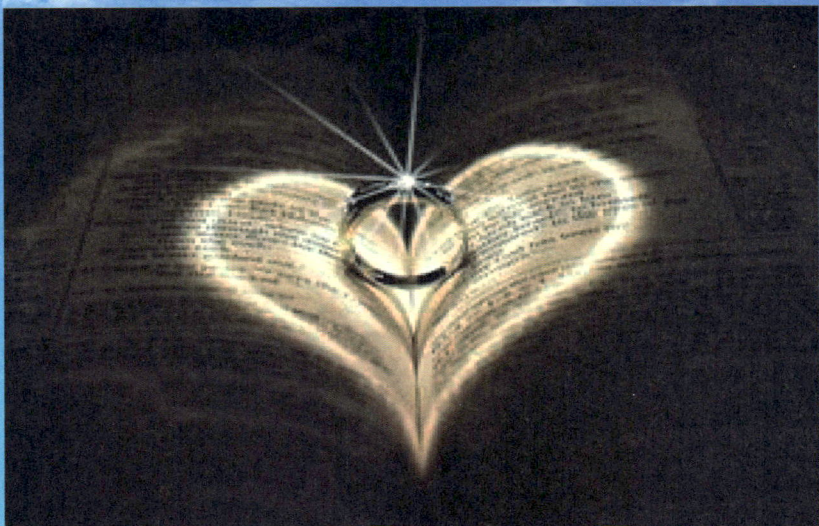

那些歌声乘坐着飘洒的雪花开放

弹琴的手指那朵戒指花还在远望

你的目光曾经是一束闪电的光芒

仿佛温暖的手掌抚摸我长发的梦想

你离开我到底去了什么地方

向前寻找还是不见你的面庞

那条山涧小路是否还有你牵手的味道

牵牛花的缠绕已经将落寞的心声开放

想你的时候我就找来一首歌听

那首歌的歌词正好相应着我的境况

那首歌里闪烁着你明亮的思想

你的笑容浮现在我流泪的瞳孔里暗访

是谁让你转移了执着的目光

是谁让你收起了护持的翅膀

是谁让你离开了我诗意的身旁

你一闪即逝淹没在我日夜的守望

如果你从此与我形同陌路神清气爽

为何中途又守在街角小巷等我携手一方

你明明心里装着我的酸楚反而遮掩彷徨

你真的是愚蠢的表达方式撩拨我的悲伤

和你的距离不知如何把持短长

走的近了怕彼此伤害纯洁的形状

走的远了怕让你误会我对你的冷若冰霜

其实我真的只想保持一份莫逆的情场

想你的时候就找来一首歌听

听着歌词慰藉着心灵在坦然中心花怒放

听着歌曲凄凉着心思在骤然里心潮跌宕

再也抑制不住的泪水流下时破碎地裂响

你这是要表明什么心情呢？

难道你的逃离就会轻松明朗？

自伤自残的年代已经错过了激情荡漾

沉淀的苦涩会在回忆的脑海逐渐沉香

曾经几许你拢发扬眉笑我痴狂

曾经几许你仰天长啸叹我衷肠

你看我的目光里几乎全部都是溺爱忧伤

我在你的面前撒娇撒气不再收敛野蛮模样

对你炽热的目光不敢碰撞的时候

就回眸一笑保持神态宁静的安详

即使被你百般地嘲讽的遍体鳞伤

也强忍着委屈的泪水跃跃欲动着畅想

想你的时候就找来一首歌听

听着听着听出了你的心声别来无恙

听着听着听出了我的无明昼夜不详

整个失去了你空间的地方尘埃落榜

你宛若我禅定里拈花的如来

你在我头顶之上

向我拈花含笑

我一颗喜悦的心

在受宠若惊中开怀想象

我是你手中这朵千年的花开？

在你的轻捻中永远芬芳

仿佛那些转经的法轮

在我朝拜的路上不断摇晃

那片叶子因此绽开

那位智者从对面走来

微笑中向我传递密意

让我在淡定里对禅机渴望

你神态安详着静谧

我看你时情怀荡漾

梦幻在虚实的会面中碰撞

我望着你离去的背影神伤

你宛若我心中的如来

四季都在交替着更换衣裳

生离死别在顺其自然时遗忘

轮回不再是迷茫的恐慌

一片轻舟就这么驶出渡口的河床

向着彼岸满载而去着我的梦想

风起时在沉浮着我执的虚妄

浪翻时回眸望着我泪水飘扬

就这么于禅定里冥想你的到来

拈花的佛手已经在合十中绽放

我从前世莽莽撞撞走到今生

依然没有走出你香火的禅房

叶子年年长出新鲜的面庞

如来天天来去往返着人间天堂

我今生等你跪拜在驿站的路上

与你搭建一座姻缘平台的歌唱

那晚你说你要走

那晚你说你要走

千言万语汇成一片清风明月楼

你可曾知道你一直是我天空的星辰

没有日夜没有圆缺永远守候

那晚你说你要走

你真的忍心再次抛下我独自漂流？

在水一方是一个什么地方？

让你如此舍弃我心甘情愿地奔向渡口

那晚你说你要走

要我好好保护自己不要难受

我的泪水潸然落下

一颗再坚强的心也被你暖透

那晚你说你要走

言不由衷的表达很迁就

你说只是不再出现在我眼前

还会在我身后最危急时刻出面援救

那晚你说你要走

伤感的话语表达期盼的挽留

留念的情怀宛若夜空霞光异彩的奇秀

友爱的真情如同善莫大焉的初心难求！

那晚你说你要走

千言万语不知如何挽留

告别的时候泪水悄悄地漂流

打湿了满怀祝福的默默无言和静静守候

你说我与你
是两种不同世界的人生

尽管我知道你在极力回避着我

你难道不知道我也在逃避着你么

都在疼痛中煎熬着的两颗心生冷

何时才能在春暖花开的季节里相逢

你说我与你是两种不同世界的人生

不可能彼此都离开彼岸随客船波动

你的守望里期盼我在舞台之上闪亮登场

可是你为何不想我的世界又在哪里落定？

我背起行囊要走的片刻

泪水瞬间滑落了坚强的面容

却不知道自己这是要去什么地方

拢拢长发却怎么也甩不掉你的眼睛

我不知道自己这份碰撞的火花

何时才能熄灭了燃烧心灵的憧憬

我不知道你的心坚如磐石般的沉静

为何选择在默默无声的释怀里沉雨落英

无论是谁关注着我的忧伤

无论是谁忧伤着我的思情

我依然没有停止过想念你的每一天

依然爱你爱的莫名其妙地胆战心惊

你曾经告诉我什么也不要想

只要心静如水写好诗词歌颂

只要一心一意做好份内的事情

所有一切是我的如愿而不是你的最终

听完那首歌声我几乎瞬间惊醒

你竟然如此坦然我的泪水我的初衷

这份宛若千古的相思怎能用歌词诠释真情

怎能用一句最美的遇见就结束了未尽的行程

你难道不知道我的心有多疼吗？

离开变异的爱情生活远去千里之行

离开繁华深处灯红酒绿拴系的虚荣

我需要的日子只是阳光蓝天白云的心声

我只要你一双纯洁的专注凝视的眼睛

我只要你爱怜的手将我擦去泪水的安宁

我只要你默默牵挂和静静守候的约定

还有你惊诧的目光炯炯有神地爱慕我的诗情

面对我的忧伤我的思念你守口如瓶

你转发分享一首歌曲来表达心境

你说你爱我比我爱你更深的伤痛

你说我与你是两种不同世界的人生

听着那首老歌我已经泪如泉涌

那些昼夜相依的守望和动静相生的禅定

都被你有力的臂膀挥落了传奇指南的晨星

都被你伫立的屏障隔断了天壤之别的风景

如果今生不能与你携手天涯旅行

来世也不再与你纠葛相遇的梦境

因为等待你彼岸归来的日子太漫长太飘零

不同的观点已经心力交瘁地迷失了方向的掌控

我是你的红颜知己

你回眸向我微微一笑

我满身尘埃纷纷落地

一份静谧的空旷思念

自天际边缓缓而来

再远的地方

也只是漂泊中的驿站

而你灿烂的笑容

将我心栖息在梦的港湾

再深的思念

也只是彼岸的遥远

而你静默的守候

将我牵挂的距离隔断

无论多少年不见

你的执着依然鲜艳

我沉重的情怀在瞬间释然

你永远都是我旅途的下一站

不再倾听你的心声

你就这么突然离开我

离开的时候没有任何迹象

竟然让我不堪重负的心

更加在凛冽中雪上加霜

我触摸到你的心在雪中冰凉

我听得见你的泪在冰中碎响

可是我依然感觉你温暖的胸膛

依然看见你长发在寒风中飘扬

从什么时候开始

你的心已经离我远去了牧场

不再倾听你的心声如履冰霜

是你把我的心生生地割下埋葬

不再倾听你的心声

是因为你已经离开了我的梦工厂

既然我的伤疼不能引起你的共鸣

我又何必苦苦挽留你违心的守望

雪花飘落着我满怀的情况

冷清的心泪无声地流下窗棂的哀伤

你曾经如痴如迷欣赏着我的任性我的诗行

却为何又突然转身离开我不能没有你的身旁

曾经感受你的气息如出一片禅叶的清凉

曾经感怀你的智慧如此心有灵犀的奇形怪状

我与你前世为仙今生为道来世修罗神往

坦然相待轮回的使命从来不曾隔心离场

不再倾听你的心声

是你把我的心无事生非的刺痛割伤

你忧伤的心情伴着那朵黄玫瑰的歌唱

一醉方休了我隔岸期盼你归来的目光

失落的心情霜染了你长发的飘逸

奔涌的诗意拴系了我漂泊的期望

原来以为你还记得我眉心那枚红痣凝血成像

也就不再过多表达与你心灵默契的相得益彰

如果因为一场误会你就断然决绝离开我

那么今生今世的修行又错过增添福报的能量

不知道还有多少累劫累世才会与你相遇牵绊相撞

不知道哪条街道路边还会巧合你灯火阑珊的光芒

不再倾听你的心声

你惆怅的面容已经深邃了我的梦想

那盏流淌着你心血的烛光

已经深深凝固了我的心房

你要让我心疼死么

一周没有我的消息

我刚刚露面你就来了

你发来一张图片给我

泪珠一滴一滴的滴落眼帘

你是在想念我吗？

你是在牵挂我吗？

你还是不表达任何心愿

用这张图片向我证明思念

只看了你一眼

我的心疼痛伤感

我刚擦干了泪水

为何又让我在伤感中无眠

你虽然不说话

但我知道你与我牵绊相连

你的泪为我再次酸楚滴落

我的情为你再次难填欲壑的涡旋

你就这样默默守候着我

我就这样与你遥相呼应着落寞

你忧伤的目光穿越千山万水

寻找我尘埃落定的归属角落

夜深人静的时候我盼着你出现

然而你远在异国他乡与我时差对折

我在思念里与你恍惚梦境有约

你却在川流不息中奔波着生活

我的白天阴霾遮掩着阳光视线

你的夜晚皓月璀璨着无眠的星河

就这样在忙忙碌碌中与你流失相伴的岁月

就这样与你欲求不得欲罢不能地纵横交错

你远在他乡弹指着时光流淌音节

我的心受到阵阵碧波荡漾的震慑

你要让我的心疼死么？

彼岸的思念如何将主宰命运的分别穿越

我自从与你相遇后分别

每一处风景都有你的身影飘落

你要让我的心疼死么？

你悲喜的心情起伏着我的喜怒哀乐

你关注的目光安抚着我心平气和

冰冷的心从此找到了道场的院落

只是你的无言意味深长地揣摩

我的思念在疼痛中昼夜疯长着奇特

你强装欢颜已经触摸了我脆弱的眼窝

我不再窥探你是否混合隐私的味觉

如果丘比特之箭还在尘世拉弓远射

我宁愿被你一箭穿心死也从容不迫！

远方传来你的歌声喜忧参半诉说

随即漂来你空荡的酒瓶对视承诺

我的心钻进你心扉的底色禅坐

从此再也走不出你深情的沼泽

我的泪水随着诗歌飘扬

我什么也不说

你还在逃避我

远处传来一阵歌声

伴着我的泪水无声地飘扬

你不要再用歌词代言你的形象

心有灵犀的感应就是电闪雷鸣地震荡

我早已经触摸到了你思念的疤痕扬场

比我不知有多少倍的翻江倒海地灼伤

你还在对我的挽留婉转地伪装

我的泪水打落了多少花瓣的衣裳

相遇的奇缘让我一个人来承受重量

这个半途而废的结果是心酸过程的迷茫

几乎是瞬间聚焦的倾城之光

就这么没有来得及四射光芒

伴随深冬逐渐地落下哀怨的雪花

无处可逃地汇集在高照的阳光下流淌

远方的岸边传来伤感的歌声

那是你此时此刻的心情在回应

刚刚萌芽的念头还没有新鲜出炉

就被你理智的困扰放置在逐流的河床

歌声戛然而止的时候

我的泪水在瞬间飘扬

纷纷扬扬地洒落在秋天的落叶上

那些分别的守望顿时燃烧了相遇的时光

心酸的泪水没有停止过流淌着清凉

思念的心声仿佛流星划落了宇宙的合唱

雪梨花开在陌生的街头巷尾老宅院墙

万箭穿心的疼痛撕裂着我感同身受的心房

尽管你退缩的暗示让我心灰意冷了现场

我指尖上依然留有挑着写你诗歌的墨香

梦境里那个拐弯的角落有根晾衣的缆绳

拴系着回忆的长衫迎风飘荡着你留下的酣畅

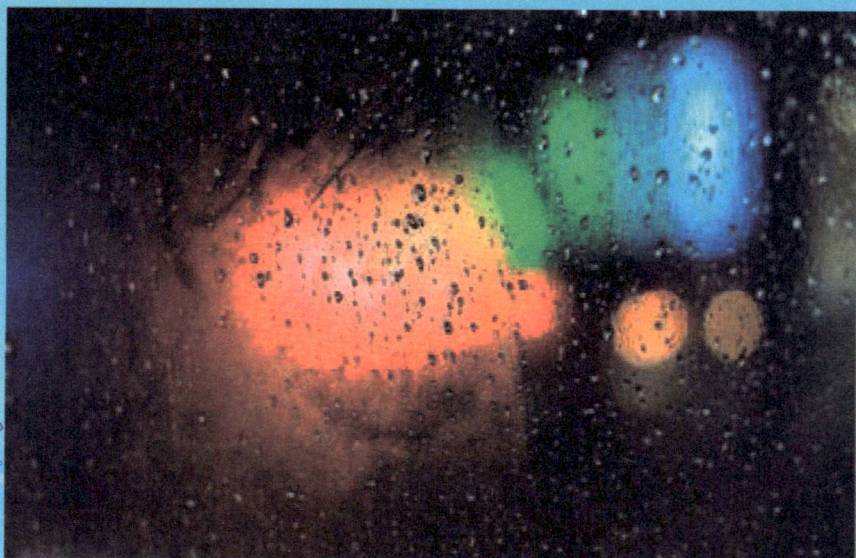

彼岸的雨点再度敲打着门窗

要过的日子又一次走进胡同的小巷

太多的创伤定格在这一米之内的桌上

雪白的书签已经被储存的岁月染黄

歌声停止的时候泪水洗净了脸庞

懵懵懂懂的回忆瞬间哭醒了梦想

你在转身离去时将我安放在渡口的岸旁

跌跌撞撞地奔波在匆忙回家的路上

我的泪水随着诗歌飘扬

点点滴滴都是歌词的翅膀

千山万水飞不过思念的屏障

都是因为你的离去痛断了遥望的目光

你在彼岸依然回首向我张望

我此时的泪水已经是轻捻佛珠般的安详

既然红尘的客栈不能留住你陪伴的脚步

索性就侧身让你擦肩而过飞向彼岸的空旷

第四季
你的到来将深夜的黑暗点亮

你的到来将深夜的黑暗点亮

你的到来将深夜的黑暗点亮

那些不堪回首的往事如烟飘荡

你出现在我面前与我对视片刻

我的心刹那之间被你复原了创伤

你的到来将深夜的黑暗点亮

那些黑暗深处的灵魂找到了希望

你的无挂无碍已经无处不在

你的大智大觉已经无需方向

你的到来将深夜的黑暗点亮

身后带着漫天的星辰和明亮的月光

我黑暗的世界刹那之间被你点亮

诗歌浪漫上路　箫声悠扬飘荡

你的到来将深夜的黑暗点亮

那些黑暗的守候顿时光鲜明亮

你的身影没有长短没有边框

你纯真的笑容没有变化多端的无常

你的到来将深夜的黑暗点亮

尘世的繁华在夜晚已经静如湖光

空间里的众生纵横交错自由穿帮

都是沐浴你心泉的甘露和普度你的吉祥

你的到来将深夜的黑暗点亮

阳光退到幕后繁衍生息疗养

星月出现在你的身边与你辉映弹唱

我趴在晚风徐徐的窗口等你千年那盏烛光

你的到来将深夜的黑暗点亮

所有的疑问都是命题中的原创

所有的希望都在期盼中酝酿

所有的故事都在等待结果来拴系哀伤

你的到来将深夜的黑暗点亮

我的案头多了一轮温暖的阳光

你与我日升月落永不摩擦地默契守望

宛若握笔的手在行云流水的深处撰写密藏

我的诗歌已经将万法皆心的虚幻写空

夜晚南柯一梦

你在身边叮咛

可曾记得那日的同行

可曾记得跪拜的憧憬

醒来之后痛定思痛

那颗心仍然丢在深秋的天空

逐渐不见你往日的笑容

我只好在夜晚拥你入梦

无意中翻出了你的踪影

看着看着泪水盈盈

总想努力将你遗忘

到头来你却越来越鲜明

坐在床边把窗口哭醒

拉开窗帘依然有雾霾沉重

打开屏幕依然没有你的身影

我再也压抑不住思念你的心声

你在遥远的彼岸守望旅程

关注我的点滴却不袒露心胸

也许你的思念比我还要茂盛

还是面对现实只好藏进酒瓶

面对你若隐若现的身影

我的相思因为你的忽闪模糊不清

不是我不能履行承诺的笃定

而是你的沉默让我悲喜交融

原来的梦想转瞬成空

留下这份伤痕痛不欲生

本来以为放弃就是轻松

没有想到放久了的牵挂更加深情

你来去仿佛一座海市蜃楼的迷宫

深秋也没有留住你滴血的残红

你在我的心头刮起波澜的飓风

又销声匿迹在我守望的泪眼朦胧

好久不再出现你的身影

我禁不住再次将你写进诗中

把那个美丽的相遇拴系在窗棂

只有在屏幕的窗口才能与你相逢

不能与你共睹月明风清

我只好在夜晚拥你入梦

再次渴望灵犀相通的传送

将你难言之隐的苦衷诠释注明

你的归期已经涂抹了日程

我的守候已经望穿了眼睛

天涯的距离搏击红尘的苍鹰

我的诗歌已经将万法皆心的虚幻写空

从此你就是我遥远的一座城

伫立在彼岸向我展现满目的繁荣

白天的你在忙碌中穿越车水马龙

夜晚的你回眸一笑顷刻之间弹落了禅境

你在遥远的地方挚爱着我的诗意

你在遥远的地方

天天向我发送着信息

你说我执着的诗句情深意厚

早已经把你的心悄悄地带走

只是我的伤口干裂成沟

是一份很深很深的忧愁

你不会想到我心此时已经陈旧

不敢轻易地接收哪怕是一杯救命的药酒

我的诗意就在这里驻扎着荡悠

几乎天天发布的诗歌都是文字绉绉

不是片段的情绪就是心语的涛声依旧

穿插中互动交响的音律南腔北调地丰厚

你的眺望宛若青花染料散落挂钩

淡淡泛滥的目光已经隐匿青烟云楼

轻轻划落诗意在你无眠的夜晚独守床头

默默守候我执笔的诗情话意在彼岸的渡口

红衣宽解了谁洞房的盖头

你总是远远地观望着泪流

在爱的世界里风起云涌着聚首

你的想象被打破了虚幻的梦游

我黯然神伤的时候面庞清瘦

你也在心疼的惆怅里无止无休

我无眠的夜里辗转着你的温柔

你却在彷徨中孤独地露宿街头

你还是飘洋过海地漂泊着怀旧

我面对的现状无助无力地愧疚

你却写着缘来不拒缘去自然的至理缘由

我茫然不知哪里才是诗歌倾城而出的门口

我不知道你的人生是怎样选择旅游

看你的现状就是预言里南方的轻舟

你的寸发缩短了修行的距离不再牵手挽留

听天由命的善始善终是你的生活却不是我的追求

你在遥远的地方伫立着频频回首

挚爱着我的诗意无语着盛世的哀愁

而我笔笔都是神采奕奕的花落河流

句句都是期盼归来的一份木已成舟

你说你爱我没有期盼思念的理由

你说你爱我没有距离牵挂的担忧

你说你爱我没有千山万水的诅咒

你说你爱我只有问寒问暖的迁就

如果我的出现真的让你眼前亮透

如果我的行踪真的让你魂牵梦绕地相守

你为什么还在那里纸上谈兵只说不动

你为什么不来看我一眼真实的诗歌背后

一行白鹭飞起我诗意擎天的问候

我诗歌的彼岸停靠在芦花荡悠

如果你此时此刻划舟来到渡口

我一定会踏上你的客船随你漂流

天天看着你川流不息

睁开眼睛打开你

你是我灿烂的一天

关上窗户遮挡你

你是我宁静的夜晚

你轻轻的一个转身

瞬间挥落我的期盼

你渐行渐远的脚步

尘埃落定了我的聚散

你的身影从我身边飘过

留下岁月篆刻的诺言

我暮然回首的顾盼

撒向思念你的灯盏

你匆匆忙忙要去哪里？

海角天涯已经不是你的客栈

海纳百川的时候

勤奋才是你川流不息的源泉

你还会回到童年的老家吗？

离开的时候那是谁在哭呢？

邻家的女孩那眼深深的忧伤

曾经划疼了你心房的沉淀

你原来住过的老屋还在吗？

宿命在冥想中注定结局的恩典

榕树的枝杈都长出思念的根源

却依然没有拴住你目光的回旋

云雀冲向九霄云外的时候

美丽的歌声留在清脆的诗坛

小河流水的康桥再现久别的情缘

生离死别的却是廊桥遗梦的幽怨

看着你川流不息的劳累奔波

我瞬间想起赠人手里的那枝玫瑰

你读着我的诗歌在疲惫中入眠

呼吸的都是梦想的笑容山高水远

我的清晨就是你的夜晚

当心悦的第一缕阳光洒进我的房间

我多么想一把抓过红尘的网线

拉你在我的怀抱里泪流满面

相遇的时候没有牵手的欲望

思念的时刻却想握手的牵绊

我的忧伤牵挂着你的平安

时刻布满心情的迷恋

天天看着你在我的面前川流不息

你和我从来都不问彼此去了哪里

哪怕只是上线放一首经典的老歌

刹那的惊喜欣慰了守候的期盼

迷茫依然没有退出你的视线

温暖却已经升起不落的诗篇

如同我瞬间敲打的诗行

被你走在行云流水的路边

你是我旅途之上最美的冬天

在这条大雪纷飞的路面

你捧着一团火焰等着我的出现

我看见了你的一瞬间

泪水刹那模糊了视线

我突然想起了似曾相识的画面

你的容颜依然在光辉中灿烂

你的笑容依然充满神秘的预言

我竟然还是那么在期待中心颤

就为了前世那次回眸的擦肩

你心里深刻着我影像的缠绵

于是你今生等我到寒冷的冬天

就为了偿还那眼深情的期盼

你是我旅途之上最美的冬天

花开花落等我路过凛冽的风寒

今生有缘再次与你相遇陪伴

就算是从此不见也了却一桩心愿

你守候在我风雪路口的拐弯

一天又一天一年又一年

从来没有因为失望而走远

就是为了等我归来将诗歌重现

我走遍千山万水的默默无言

终于走到你黎明前黑暗的夜晚

我的到来恰好是这个飘雪的冬天

而你原来还守候在这里等我相见

茫茫的荒漠里只有你的身影孤单

你在黑暗深处闪烁一双烛光的眼

你为我备下这眼没有冰封的清泉

捧着这团熊熊燃烧着温暖的火焰

你的出现顿时将我的饥寒驱散

我的到来瞬间使你唯美了山峦

万物通灵都在若隐若现中藕断丝连

唯有我是如此的让你一见就心惊胆战地爱怜

远方的树稍挑着那枚最后的叶片

仿佛我心在坚守着最后一道防线

你的出现让我坦然飘落归还曾经的诺言

庄严宣告这个冬天开始进入休眠

让繁华褪尽的季节只有冬天的默然

让喧嚣走远的街道只有冰封的路面

阳光却又温暖的地方就是你的怀抱

我扑进去的同时漫天雪花融化了我诗歌的清淡

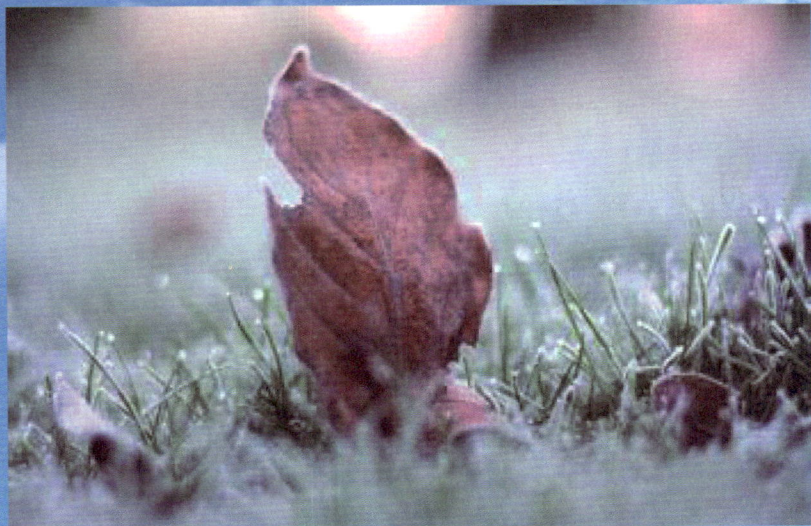

一路的奔波走过了春夏秋后的无眠

满怀的相思与你相见撞落了思念的期盼

怀旧的诗篇从此扬手抛撒在辩经的寺院

拢拢长发依然甩出两条拴系缆绳的发辫

你是我旅途之上最美的冬天

你站在远方为我挑灯照耀我反转

我平安的到来就是你守望的夙愿

我姗姗来迟只为了等你来相遇发现

酣畅的大雪留不住你的长发飘散

激动的泪水温柔了谁的梨花春天？

你坚守的影像颠覆了我的深情留念

从此再也不想回到漂泊着的那些港湾

今生与你相遇是千载难逢的奇缘

不早也不晚正是你和我最美丽的华年

就为了一份开放在冬天里的奇葩亮点

我愿意为你驻守成为一道诗坛之上的风云景观

在万般寂静的夜晚有你陪伴我写诗

尽管是在一个万般寂静的夜晚

但一直没有忘记初心的承诺

与你相约千年的时光轨迹

与你品鉴诗歌满园的香气

一如既往的怀念你

那些青春蠢蠢欲动的澎湃

那个激情四射的诗歌年代

火热的心随那枚响令箭穿越时空的端倪

仔细端详你的面容

山清水秀的空旷里障碍凸起

对你心如莲开的挚爱

从来没有断开链接的运势

梦境醒来的时候端坐冥想

我在雾里看花读你朦胧如意

找出那本多年以前出版的诗集

刚翻了几页就流下了泪滴

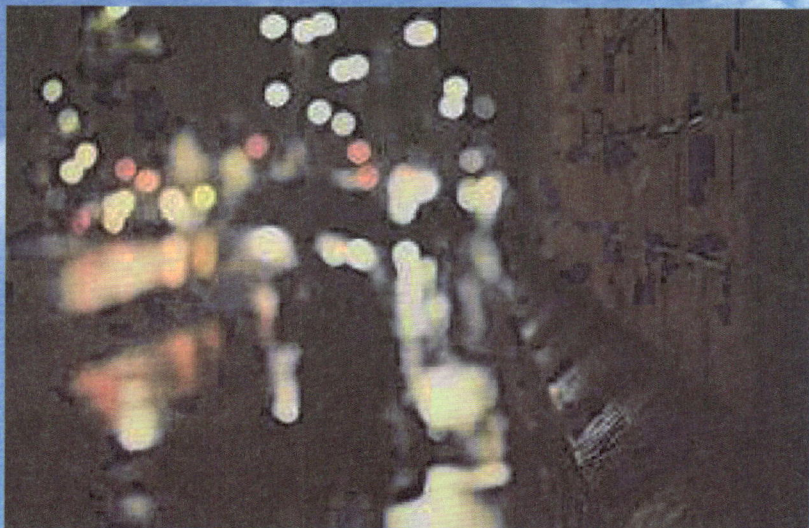

面对清茶一盏的孤寂

面对诗歌一本的无题

我一颗喜忧参半的心

如何释怀你的使命你的来意

轻轻的闭眼深深的叹息

一份情愫瞬间转移了命理

那些茶香现在飘荡在利益的谈判桌上

那些诗歌遗弃在杂草丛生的狭窄的路上

不堪回首的往事在缭绕里哭泣

仿佛我没有停止的手在敲打着无眠的文字

伴随我的只有清茶淡饭的安逸

和静如挽歌的皓月对视着星系

只有在夜深人静的时候

有你遥远守候着的呼吸

我的思念才会拔节生长

我的诗意才会纯洁亮丽

独坐在黎明前的黑暗里

只有这份与你天涯若比邻的时光

悄悄地厮守岁月的孤寂

落在那一摞摞打印出来的诗稿里

你策马扬鞭带我去远方流浪

我等在那个原来的地方

远处传来马蹄飞奔的声响

你一袭白衣骑在一匹黑马之上

挥手扬鞭踏碎夜晚的月光

我一身红衣随风飘荡

雪白的围巾拴系宁静的安详

你策马扬鞭来到我的身旁

你伸手抓起我继续驶向远方

你的到来是我创意中的片场

追求爱情拯救牧场就是我的意象

你的勇敢是没有人能举的帅旗飘扬

我美丽的诗歌是水中沉鱼落雁的模样

你从天地之间穿越而来

策马扬鞭挥舞着你冲天的能量

你赶着白云朵朵飘进我的心房

我的心瞬间被你放牧着经幡密藏

夜色朦胧了你坐骑的身影

星星点亮了你闪烁的眼睛

你寻找唐宋遗落尘世的女子来到我的身旁

我终于等来了一场冥想境地里的生命交响

萧瑟的夜风飘扬着我的长发和红色衣裳

那条雪白的围巾飘成一团亮丽的光芒

飞驰而过的地方凤羽翩翩起舞着瑞相

一场浪漫的史诗开始风靡诗坛的空旷

原始的创意吸引着爱情的天老地荒

缥缈的容颜诱惑着尘世扭曲的迷茫

冥冥之中你看见了我哭泣的忧伤

飞马而来拯救我坚守无助的道场

你英俊的面庞篆刻着前世厮杀的刀伤

我娇柔的眉心点缀着红痣避邪的磨坊

对视的瞬间找到了皈依的原创

死心塌地跟随你去流浪传奇的天堂

我是柔情万千的英姿飒爽

眉清目秀茂盛了满怀的情商

昂头时长发飘进云霄之外地徜徉

低头时泪水流进大海沉没的船舱

我在诗意的王国里漂泊流浪

率真的笑容惊艳了满树的花香

挥手之间弹落了所有围拢的目光

惊恐的迷茫依然聚集同情的赞赏

一份爱情就这样在彷徨中失望

坠入风尘的灾难浴火重生花千的遐想

众口难调的话题不再理会挑剔的虚妄

都被你不屑一顾的闪电带走谜底的篇章

我等你策马扬鞭带我去远方流浪

满怀的唐诗宋词等你交融偎依着肩膀

你豪杰的性情感天动地着生命的传唱

刹那的进入丰盈了我诗歌阳刚的能量

我的灵魂曾经四处游荡

我的思想无人能接站客场

神话的创意时刻浮现在脑海的禅房

传奇的经历时刻缠绕着奇葩的芬芳

颠沛流离的日子宛若一首老歌在回荡

飘飘洒洒越过千山万水的角落在忧伤

我等你策马扬鞭带我去远方流浪

从此将我带入生命蛰伏的领地沉沙漏光

因为你的到来我的梦想长出了翅膀

因为你的到来天空的雾霾顷刻明亮

你降落的瞬间将我再次撕碎组合调养

你让我在脱胎换骨的冶炼里弹唱辉煌

魂牵梦绕的地方是我的家乡

漂泊也成了一种流动的意象

远走他乡的坚强如此坚定了梦想的目光

一定等你来策马扬鞭带着我去远方流浪

夕阳的剪影里那是谁的泪水在流淌

天边的祥云飘来谁的长发挽着沧桑

那是我等你从前世轮回到今生的守望

我被你宠爱得凤凰牡丹环绕满眼的吉祥

斑驳的岁月触摸着你胡茬的硬朗

飞驰的感觉仿佛领略云游天堂的跌宕

我在你的身后宛若一只脱茧的蝶

小心翼翼地扇动着禅衣凤羽的翅膀

是谁在远方对我指指点点清洗着业障

我已经不再顾及那些红眼的秒杀专场

挥挥手将所有的牵绊打落在身后路旁

紧紧拥抱着你跨过雅鲁藏布江去远方流浪

在我的面前有你踏碎千山万水的阻挡

在我的身后所有的辙痕马蹄莲开着芬芳

在我的前方有一座诗坛伫立的青葱牧场

等待我去围起家园的栅栏放牧满怀的诗行

有一份情在心底永远沉积

我又独自一个人上路找你

寻找遗失在远方牵挂的命理

沉重的脚步在循环丈量着与你距离

总也扯不清的姻缘鞭挞着门窗的拴系

星空依然遥望着尘世的街景

孤独不再落寞着曲卷长椅的空寂

那盏孔明灯飘向了远方的笑意

闪烁的花朵在流泪飘洒着梦境的主题

在这个孤独寂寞的日子里写诗给你

我握笔的手还是狠狠攥紧了飘逸的诗絮

千年的修炼已经被你闯进了守候的道场

我心的周围瞬间坍塌了围栏的创意

无数次的碰撞挣断了那根红线缠绕的腕力

你灵魂的翅膀折断了我延续深情的构思

一滴墨香彷徨了五千年的文字

一份爱情模糊了枕边的泪滴

你曾经是我今生最美的传奇

尘缘未了血染了半世的疮痍

那些新情旧爱还在被谁提起

梦醒时分搁浅在青莲的湖底

一份遇见就这样惊醒了千年的沉积

那份爱情依然在心底涌动着涟漪

大千世界里彼岸的花朵最美丽

在你的眼里我究竟属于谁的那枝？

我遇见你的时候

是我苦思冥想自己到底要去哪里的问题

你宛若我面前的一面镜子

我看见了你眼睛里的自己依然纯净如一

晨钟暮鼓撞落了你的归期

无声的经卷在阐明着心意

我因为你的到来而揭竿而起

挥手的瞬间拨动了远山近水的景致

你的不语渗入我腔骨的隧道

我的蛰伏潜藏着你的禅衣

你跃跃欲飞的时候因为我而止步

悄然收起翅膀捧着我在掌心里流泪退席

面对你沉默是金的孤寂

我的泪水滴落在你的心胆裂隙

不管今生今世能否为你清凉清洗

都不再需要你的回复而倍感伤逝

我不再用清涟勾勒你沉积的深刻

因为我与你不曾相溶何曾分别

如果我的诗意是四月的清风拂落星转斗移

那么我编结的长发悄然甩落你风尘的酒器

寂寞的沙洲号令响起

如同我心的涟漪被你划破了脉息

拂袖的刹那抛出一朵青莲的禅意

沉积的心底传来水卷珠帘的话题

我等你来与我同一个帐篷入眠

——那晚，在全球华人诗歌精英部落微群里，大家畅所欲言，议论纷纷，商量结伴去内蒙草原踏春写诗……突然，一位德高望重的诗兄给我出了一个标题：谁与我同一个帐篷入眠？！指明让我写诗。大家一片沉寂之后，我小心翼翼地问他，是不是喝酒了？是不是可以将标题改一下？他坚决地说，没有喝酒！不改！我就要看看大家推崇的诗人黑丫能不能用这个标题写出一首大家认可的诗歌？！面对不知道还有多少人在潜水看着这种现场的尴尬局面，我只好硬着头皮说，好吧。于是，在第二天忙了一天之后的傍晚，当我从窗口向外望去，漫天的夕阳显现瑞相之时，一幅天苍苍地茫茫的内蒙古大草原画面顿时在我眼前徐徐展开……

在一个午夜相伴的夜晚

聚焦的荧屏深邃了风寒

尽管你与我不曾见过面

相提并论的话题还是那么圆满

那晚的你一定是喝多了酒

在微群里相约大家去内蒙游玩

静静的头枕着草原仰望着蓝天

让自己的身心彻底融入大自然

你就这么尽情地憧憬着白云蓝天

我在屏幕上分享着你的快乐心愿

也许我们的生活真的太压抑太抱怨

我们真该放下一切携手漫步纯净的草原

你说要在草原喝酒唱歌跳舞狂欢

你说一望无际的辽阔就是你的心田

你就这样半开玩笑半认真地说到话边

最后突然抛出一句，谁与我同一个帐篷入眠？！

天苍苍地茫茫不见了你望眼欲穿

我开始随着大家逗乐着你的调侃

你在我的面前宛若起伏跌宕的群山

我仿佛刹那之间深入了你粗犷的柔软

你敏锐的语言抛出了一片寂静的惊叹

沸腾的微群顿时鸦雀无声了大肆的寒暄

也许大家都在想象着同一个问题的花瓣

你是不是故意在试探有谁真懂你的笑谈

此时此刻我的诗歌之情流连忘返

真想打破沉寂对着荧屏的你大喊

只要你陪伴我的诗歌彻夜畅谈

我愿意与你在同一个帐篷入眠！

就在我即刻铺开稿纸的一瞬间

就像铺开一片草丛上挑着露珠的叶片

那一片片雪白旋转着风车的风力发电

高高地伫立起一座座输送温暖的阳光诗坛

我站在苍茫的原野下守候着青葱家园

你是跨马扬鞭飞驰而来的骑手搭箭

咫尺的距离向我射来一支响令的诺言

你将我刹那之间弹落了风尘的泪眼

你始终看不见我想你已经心烦意乱

还有那段身穿蒙古长袍女子的爱恋

她就是我梳着两条长长缆绳的发辫

站在你的面前等你来与我同一个帐篷入眠

那是一个月光高照的夜晚

马头琴弹亮了星星的睡眼

木兰山下你豪情万丈地跨马扬鞭

翻身下马捧起我惊喜万分流泪的脸

我等你在草原之上已经千年万年

却终于在一个梦境里与你相见

那是一个偎依你肩膀的无眠夜晚

那是一场灵魂与天地的心声震颤

你给我讲榕树枝杈生根牵挂地面

我对你说冰雪融化之后江水泛滥

只有这无垢无尘无边的草原亮闪

才是我和你图文并茂的纯情思念

我等你来与我同一个帐篷入眠

毡毯上面那一盏烛光已经灿烂

还有一首面对面端坐无言的伏笔诗篇

正在默默地看着我和你一起举杯共盏

图书在版编目（CIP）数据

黑丫诗歌作品集：全5册 /黑丫著. - 北京：

中国文联出版社，2015.12

ISBN 978-7-5190-1035-5

Ⅰ．①黑… Ⅱ．①黑… Ⅲ．①诗歌－中国－当代

Ⅳ．①I227

中国版本图书馆CIP数据核字(2015)第320572号

黑丫诗歌作品集：有一份情在心底永远沉积

作　　者：黑　丫			
出 版 人：朱　庆			
终 审 人：奚耀华		复 审 人：王　军	
责任编辑：顾　苹		责任校对：张铁峰	
封面设计：陈董佳		责任印制：陈　晨	

出版发行：中国文联出版社

地　　址：北京市朝阳区农展馆南里10号，100125

电　　话：010-65389144（咨询）65067803（发行）65389150（邮购）

传　　真：010-65933115（总编室），010-65033859（发行部）

网　　址：http://www.clapnet.cn

E－mail：clap@clapnet.cn　　　　　gup@clapnet.cn

印　　刷：北京瑞象今日印刷服务有限公司

装　　订：北京瑞象今日印刷服务有限公司

法律顾问：北京市天驰洪范律师事务所徐波律师

本书如有破损、缺页、装订错误，请与本社联系调换

开　　本：710×1000	1/16	
字　　数：2500千字	印　张：50	
版　　次：2015年12月第1版	印　次：2015年12月第1次印刷	
书　　号：ISBN 978-7-5190-1035-5		
总 定 价：235.00元（全5册）		